漸變了臉色的夢

王仲煌 著
楊宗翰 主編

菲律賓・華文風 叢書 09（新詩）

【主編序】

在台灣閱讀菲華，讓菲華看見台灣

——出版《菲律賓．華文風》書系的歷史意義

楊宗翰

很難想像都到了二十一世紀，台灣還是有許多人對東南亞幾近無知，更缺乏接近與理解的能力。對台灣來說，「東南亞」三個字究竟意味著什麼？大抵不脫蕉風椰雨、廉價勞力、開朗熱情等等；但在這些刻板印象與（略帶貶意的）異國情調之外，台灣人還看得到什麼？說來慚愧，東南亞在台灣，還真的彷彿是一座座「看不見的城市」：多數台灣人都看得見遙遠的美國與歐洲；對東南亞鄰國的認識或知識卻極其貧乏。他們同樣對天母的白皮膚藍眼睛洋人充滿欽羡，卻說什麼都不願意跟星期天聖多福教堂的東南亞朋友打招呼。

台灣對東南亞的陌生與無視，不僅止於日常生活，連文化交流部分亦然。二〇〇九年臺北國際書展大張旗鼓設了「泰國館」，以泰國做為本屆書展的主體。這下總算是「看見泰

國」了吧？可惜，展場的實際情況卻諷刺地凸顯出臺灣對泰國的所知有限與缺乏好奇。迄今為止，台灣完全沒有培養過專業的泰文翻譯人才。而國際書展中唯一出版的泰文小說，用的還是中國大陸的翻譯。試問：沒有本土的翻譯人才，要如何文化交流？又能夠交流什麼？沒有真正的交流，台灣人又如何理解或親近東南亞文化？無須諱言，台灣對東南亞的認識這十幾年來都沒有太大進步。台灣對東南亞的理解，層次依然停留在外勞仲介與觀光旅遊——這就是多數台灣人所認識的「東南亞」。

東南亞其實就在你我身邊，但沒人願意正視其存在。台灣人到國外旅遊，遇見裝滿中文招牌的唐人街便倍感親切；但每逢假日，有誰願意去臺北市中山北路靠圓山的「小菲律賓」或同路段靠臺北車站一帶？一旦得面對身邊的東南亞，台灣人通常會選擇「拒絕看見」。拒絕看見他人的存在，也許暫時保衛了自己的純粹性，不過也同時拒絕了體驗異文化的契機。說到底，「拒絕看見」不過是過時的國族主義幽靈（就像曾經喊得震天價響，實則醜陋異常的「大福佬（沙文！）主義」），只會阻礙新世紀台灣人攬鏡面對真實的自己。過往人們常囿於身分上的本質主義，忽略了各民族文化在歷史上多所交融之事實。如果我們一味強調獨特、純粹、傳統與認同，必然會越來越種族主義化，那又如何反對別人採用種族主義的方式來對付我們？與其矇眼「拒絕看見」，不如敞開心胸思考：跟台灣同樣擁有移民和後殖民經驗的東南亞諸國，難道不能讓我們學習到什麼嗎？台灣人刻板印象中的東南亞，究竟跟真實的東南亞距離多遠？而真實的東南亞，又跟同屬南島語系的台灣距離多近？

台灣出版界在二〇〇八年印行顧玉玲《我們》與藍佩嘉《跨國灰姑娘》，為本地讀者重新認識東南亞，跨出了遲來卻十分重要的一步。這兩本以在台外籍勞工生命情境為主題的著作，一本是感性的報導文學，一本是理性的社會學分析，正好互相補足、對比參照。但東南亞當然不是只有輸出勞工，還有在地作家；東南亞各國除了有泰人菲人馬來人，也包含了老僑新僑甚至早已混血數代的華人。《菲律賓・華文風》這個書系，就是他們為自己過往的哀樂與榮辱，所留下的寶貴記錄。

東南亞何其之大，為何只挑菲律賓？理由很簡單，菲律賓是離台灣最近的國家，這二、三十年來台灣讀者卻對菲華文學最感陌生（諷刺的是：菲律賓華文作家在一九八〇年代以前，一度以台灣作為主要發表園地）。[1]東南亞各國中，以馬來西亞的華文文學最受矚目。光是旅居台灣的作家，就有陳鵬翔、張貴興、李永平、陳大為、鍾怡雯、黃錦樹、張錦忠、林

1 台灣跟菲律賓之間最早的文藝因緣，當屬一九六〇年代學校暑假期間舉辦的「菲華青年文藝講習班」（後改為「菲華文教研習會」）。此後菲國文聯每年從台灣聘請作家來岷講學，包括余光中、覃子豪、紀弦、蓉子等人。一九七二年九月廿一日總統馬可士（Ferdinand Marcos）宣佈全國實施軍事戒嚴法（軍統）之後，所有的華文報社被迫關閉，所有文藝團體也停止活動。後來僥倖獲准運作的媒體亦不敢設立文藝副刊，菲華作家們被迫只能投稿台港等地的文學園地。軍統時期菲華雖無出版機構，但施穎洲編的《菲華小說選》與《菲華散文選》（台北：中華文藝，一九七七）、鄭鴻善編選的《菲華詩選全集》（台北：正中，一九七八）卻順利在台印行面世。八〇年代後期，台灣女詩人張香華亦曾主編菲律賓華文詩選及作品選《玫瑰與坦克》（台北：林白，一九八六）、《茉莉花串》（台北：遠流，一九八八）。

建國等健筆；馬來西亞本地作家更是代有才人、各領風騷，隊伍整齊，好不熱鬧。以今日馬華文學在台出版品的質與量，實在已不宜再說是「邊緣」（筆者便曾撰文提議，《台灣文學史》撰述者應將旅台馬華作家作品載入史冊）；但東南亞其他各國卻沒有這麼幸運，在台灣幾乎等同沒有聲音。沒有聲音，是因為找不到出版渠道，讀者自然無緣欣賞。近年來台灣的文學出版雖已見衰頹但依舊可觀，恐怕很難想像「原來出版發行這麼困難」、「原來華文書店這麼稀少」以及「原來作者真的比讀者還多」——以上所述，皆為東南亞各國華文圈之實況。或許這群作家的創作未臻圓熟、技藝尚待磨練，但請記得：一位用心的作家，應該能在跟讀者互動中取得進步。有高水準的讀者，更能激勵出高水準的作家。讓我們從《菲律賓・華文風》這個書系開始，在台灣閱讀菲華文學的過去與未來，也讓菲華作家看見台灣讀者的存在。

【推薦序】

一位我一直在張望的詩人

月曲了

每次讀完他的詩，心中便立刻期待他的下一首詩……。

十八年前他只有十八歲，是早慧的作家，詩精練文多采，語言樸實簡潔，但詩中佳句常令人招架不住，而文章筆下，勝景無數，字裡行間，讓你流連忘返。

他就是王仲煌——一位我一直在張望的詩人，十八年後，他要結集出書，要我為他寫幾句，可是我是他忠心讀者，除了由衷地忙於給他祝福，和急於要與他分享喜悅之外，我能寫什麼呢？

可是他的「初戀」系列中的〈緣起〉詩的前幾句我必需提起——

淡忘了，童情裡的孤單
樂曲寂寞，屋簷下

一串鈴聲呼喚八方
風鈴遠方
我奔躍的童影裡也有一顆心，叮叮叮……

讀到這裡，我總會停下來，不停地追問，「風鈴遠方」是何處？那個地方是否也有我們的心？當時間已化作微風徐徐吹來，它會叮叮地響了起來嗎？問題重複著，這是作者的情呢還是讀者的癡？然而在他的另一首詩中我們卻看到他來去自如的身影，出入於人、事、物之間，他的浪漫是冷靜的，這首詩是〈死亡〉：

天井中，一隻蟑螂掉進水盆
我看著，它划水向八邊尋路
我看著，沒有缺口
　死亡的圈子
　　當它游第二圈
我看著，一圈比一圈
冰冷、水波、歸沒、泛回。。。。。。

我看著，痙攣
痙攣——微微——彈出水紋……

我想起功課
離開現場

一盆污水盛一個清白的死亡

是的，詩人一句「我想起功課，離開現場」，我們不禁莞爾。目睹詩人翩翩的身影，輕盈的步履，來回於現實生活與心靈世界之間，那種行蹤的美感是相當的動人的，這就是王仲煌，一位我一直在期待在張望的詩人，他是海外詩壇的一顆星。

詩的旅途是寂寞的，希望他保存這份感動，美麗的感動，面對藝術的現實，堅持下去。

二〇〇九年　菲

目次

輯一・詩

初戀

一、緣起

淡忘了，童情裏的孤單

樂曲寂寞，屋簷下，一串鈴聲呼喚八方
風鈴遠方，我奔躍的童影裏也有一顆心，叮叮叮……
敲擊過大地四季。偶然安靜時，我顧盼八方，遠和近

奇妙的景象，新奇的面容，眼睛恆有光陰
流盼閃亮著……

生命
或者，像高空，那一隻翔鳥——生活
我行經停息的路人懶漠看我——老年
我看到黃昏印在一個灰影上——病疾
有許多不快樂圍著一種憂傷——死亡
一群黑衣服的人經過，冷漠的
把我由近到遠遺留在
一條長路旁

已經許久後
天空，依然有一隻鳥翔過

生活？我跳過一個日子
老年？我躍過一個日子
病疾？閃過一個日子
死亡？行過一個日子
或者歲月，像那一隻飄降下來的小鳥
輕巧的
棲足大地。這一次，我要安靜了

一天，我遇到一個人，他沉默著遞給出我一個
面具，那麼這是否時日的一種傳續呢？
我安靜的仰望他一眼，戴上面具
自此我的面容
一副怔忡

二、心靈

季節和大地，我很快忘懷
關在屋子裏，我依然天真，或者
每一道門戶的光亮，也能把童真框出各種
姿態吧！而那個窗口是這樣緘默
望出去，世界也是

側旁，兩個瓶中的花擁抱著睡眠
桌上，也擺著，立著各種笑姿的
瓷像。但我托著腮呆坐
期盼著某種光景
等待著一種聲音

我經已，踩遍屋裏地板每一個方格
最後我想，我喜歡上那一面鏡子：
面容和身影，皆是怔忡
靠近怔忡——怔忡靠近，我竟做著一個夢
我走進——鏡裏，於那房中
我清晰聽到翔翼的聲音：
一隻白鴿在一個鳥籠裏飛撲著
我打開籠門，捧白鴿於手心輕柔
向上
放去

天空，在下方廣闊
天空，在後方廣闊
天空，在上方廣闊
天空，在前方廣闊。我知曉

我已尋到鏡裏的一個自己，已走出一間
屋子，已飛越一個窗口我
的心靈和平而寧靜

三、初戀

沿著牆，我微低著頭行走著
沿著牆，看自己的投影，延展
沿著牆，卻不知曉你……
你是如何走來的，自轉角處
你我瞬間出現，你憂傷面容
與我剎那打一個照面

女孩
我見你驚惶——

——側轉你倩影
悄悄換個面容，而後轉身
微笑著，向我看來
你的微笑。是如斯的溫柔

憂傷印象——很快會淡忘
憂傷面具——很快會遺失
憂傷曾經——很快會不知

我牽著你的手
怔忡的看你：彷彿
曾經想告訴自己的影子的
什麼呢？對啊！我要帶著你
去走我的〈緣起〉和〈心靈〉
以及所有美麗的故事……

我常年怔忡著看你
你的小手握住我的手
溫柔微笑看向我：
我要帶著你，去走所有的
故事……

四、城市

牆把你我的目光，築高著，仰著頭，想看前方只看到夜空，而是否因這許多的燈火，引著你我前來呢？十字街的紅綠燈時而遙遠，時而逼近，街道是這般悄靜，高大的行人在四周疏離來往，每經過一盞燈火，燈光便暗著，向你我

照射來一具冷漠，冷漠——和夜，我憶起一群
黑衣服的人

我緊緊牽著你的手行走
悄靜的路為何這樣這樣的緊張
走進另一條街，像走進另一重陌生
這世界，一直令你我感覺著一種未知
的預示——來了，突然，牆四面八方，打開一
個個門戶，一潮又一潮高大的人向你我洶湧而
來，剎那把你我圍在紊亂穿行的腳步裏，一張
張面容急促的變幻著，千百種冷漠
使我怔忡面容不禁泛起
驚惶

那麼，親愛的你，你如何？
我忘記：看看身旁的你
我不知：該如何安慰你
我並非：不想把你擁抱
我緊緊牽著你，驚惶著尋找出路……

喧鬧時分──急促──步履──無邊
繁華時分──冷漠──引爆──萬千
燈火。寂靜時分──像夢魘一片……

你我緊著手逃出長夜，回首
一片曙光已劃破漫長的記憶
但許多明亮的燈，依然，寂寞
燈下，的悄靜，依然，會紊亂

五、長路

悄坐遠方，我回首城市
燈的明亮已溶入陽光
但燈火，依然會寂寞

悄坐遠方，你回首城市
燈下，的靜已溶入陽光
但寂靜會依然，依然會
紊亂

親愛的
你是否也在想著，有一天，你和我也將

是那人潮裏的兩個？原來那時代，注定
是你我的步履的歸宿？他們為什麼，會
一個個那樣——沉重——喧鬧——孤單？
當千億冷漠身影，不語的面容，自那遠
方回首，是不是會看到：這裏，相依的
你我

那麼，那些不語的背後有如
你我迷惘的眼眸，相互望進
時空裏……有一些什麼呢？

突然
前方。路是那樣的長
無邊
無際

六、相約

親愛的你
流淚的最初
不會讓你看見所謂哭
可否，與我一起憶記
那日，一條愉悅泉流
那天，一座俊朗山峰
或許，自今日開始
陽光奔躍著
月輝流轉著

前方的路，雖然太淒迷
請在笑容裏為我祝福

陽光輕說：珍重
月輝輕說：珍重
城市們輕輕說：珍重
但是在這樣的起點
在這片靜止的沙丘上
容你我寫下
兩個字：
「愛——————情」

七、相忘

天空中，依然翔著那溫柔的白鴿嗎？
珍重——再見，我憶記著
你我相互揮舞手
分離那時，你怔忡的容顏
離開那刻，我怔忡的容貌
只是，在這座城市遠方的你我
曾經，把面容的永遠依偎一起
望向天空

依偎歲月上，望向天空，依偎歲月上
望向天空的，依然是你我的
怔忡
怔忡

札記

一、孤兒

草地由綠而淡綠
這顏色柔和地走出公園的圍城，向遠景漫去
靜風中，傳出清亮笑聲，就像童年那小小風鈴，晴空中左右輕蕩
看呀，那閃爍黑瞳中的小孩，張望著好奇的晶黑眼睛
兩隻小手抓捏住身旁父母的溫暖手掌，一步步向前邁去……

「五六歲了吧？」
「你啊！頑皮的小傢伙……」
你們關懷的神色，注目的喜悅多美
看，我在天真的笑著，笑著，依偎著你們
一家舉步漫行進暮色的軟柔

悠悠天地，彷有誰人又吟唱起：
　世上只有媽媽好
　有媽的孩子像個寶

而他發覺，自己的眼睛靜靜在潮濕
兩手微握住石階的冷漠邊沿，以一位少年的神往
留在原處

投入媽媽的
懷抱……

但見燈火，一路闌珊
一陣冷風將遠方暮色的空虛
飄進公園

二、奔流——你信時光中心靈的不息嗎？

誰吟說著
「逆流這般寧靜」
如你是魚
將姿態微凝
令水道輕分

非你可跟蹤
胸襟裏泉流
不知由來，去處
僅淡記一個傳說
起源和歸處
皆是海

如你是人
將無能征服
這一路奔湧不休
似悲哀
歡樂

三、情和慾

A

喜歡山口百惠的眼睛
喜歡山口百惠的笑容
喜歡的一個傳說，是那少女的
《不死鳥伝說》
智慧有兩面：樸素，叛逆
智慧有一種，名喜歡，勇於喜歡

多想喜歡能不疑停駐
假使不能，之後他需要酒
在想起你的時光

B

你說每一個人都像一顆星
在感覺自己情緒的時空裏
其實，那顆晶亮燦爛的星令我氣悶
那顆落魄孤眠的星星更是令我討厭
沒有一顆星像你，也沒有一顆星像我
人一沉進寂寞，根本什麼都不像
連宇宙的無可想像的荒寂
也無能形容

那是心靈深處一種無邊際
的問：
彷似九歲初顯奇異的黑眼睛中一個美麗女孩
彷似鐘樓怪人敲擊出清亮鐘聲中聖潔的少女
彷似一把火吟唱著：「問世間，情是何物」
彷似和陌生神女剎那透視的裸現
彷似曾經空漠對亮麗妖繞的讚歌
彷似於繽紛場所，欲醉不醉莫明的虛假
彷似，生命史之開始是漠原上一縷孤煙

一縷名為情的呼喚著的孤煙
逐漸地把他叛逆的長年魔象
焚成一種，樸素的溫暖

C

是的，你一定要等我醒來，醒來
重撐開手中平靜的傘
漫步過長夜中一條路
至你樓下
瞻望你無語的窗形
將有一顆旭日
自那裏升起

四、窗

天空有夢

人間有你
宇宙有星
窗中有
一張
床。永以欲飛之姿

窗。關住前方
前方於空瞳裏
湧溢泉淚
向群燈世紀
如此以不知禪說今生風霜

有心靈的
　長夜
讚歌

情焰
燈語
窗中淡忘
窗中唯你

五、恆夢

A

沒有觀念
是不可擺脫的

B

這張床他躺進去，就像一個玄圓的鐘，他的軀體就成為向某方報到的時針，分針和秒針，指向生命和生命裏的許多疑問，而後，那披著的溫柔的黑色逐漸透明，他看見了灰色……白色，終於，他在空間消失，逃逸。這樣消極中，有種神秘嚮往

恍然，又吟唱起那首歌：
　　這樣的畫讓夢來畫
　　這樣的夢要許多安靜
　　來孕育

啊多少日子後，他的神思是一匹奔馬：

這一路風雨
已候你百年
自來瞳中喚醒你
即開始悲歡友誼
行蹤裏溫暖多少手
怎挽人生觀一影白駒
向前方玻璃夜晶異方向
不息地達達
帶往事飛揚

留誰遠方等候
雄姿們的回返
回首，群燈的就位與飄泊
而後睡眠將困奔騰的血
千年憶著，天下的遼闊

紅日中。放緩成時秒
或馳騁

如果不測歲月的圓
可早讓瞻望是一方平原
你我悲歌時，也可摧馬
達達……去吧……
情感常走於邊界路
突奔成，相知一族
朝光陰的完美
或恆暗的寂寞

皆已奔進
眼睛年輪
奔出今生最美的

顏彩，方真心戀上
眠處

因眾馬行空
莽莽一個灰天下
星騎們將距離
策近……閉目裏
守我的一生

C

感恩賜無以言傳，唯有微笑
停息時，讓路不止八方
有友情的行蹤在八方離聚
有鴿群的白影，飛躍和平

這是我恆夢的沙漠
這樣的歲月有夜可焚
在這裏，領悟你絕美的歡顏
和一個人的孤獨，的旅程
發覺自己如此的追蹤你
愛你如斯

六、列車

A

這天，有位朋友問我：
你相不相信有另一種空間？

不知是否緣於對逝世親友依然的關懷
只是我茫然望去……一條遼長的路

我喜歡擺出這個懷抱吉它的姿勢
我喜歡輕唱這兩句：
　SEASON CHANGE
　PEOPLE CHANGE
這樣，你我就走進另一種空間

B

「就這樣坐到中國去，怎樣？」
「哈，這兒是LAOAG CITY」
「再過去，再過去就是中國……」
「我累了，不開玩笑了」

南中國海，藍向天空，又在眼眶抽象觀浪花擊起飄沒，為什麼，總有些你即使有了方向，和一生的時光準備，也讓你難於真正到達的力量呢？莫明地懷想起無際的地理史，據說大陸原是由一體分裂的，莫非是千古以來的一種天意嗎？據說宇宙正不斷的澎漲著，星球間的距離，越來越遠……

「這兒是那裏？」
「北呂宋。」
「北呂宋？」
「我記得，這兒曾叫……中國。然而據我所知，這兒應該叫做EARTH的。」
「EARTH？」
「EARTH：體扁圓，為太陽系八大行星之一，繞太陽旋轉而生四時，因自行轉動而生晝夜，為人類和動植礦物所在的大地……」

「你在哭嗎？」
「這列車真奇怪」

七、時光

飄流已久
在每個巷口
只能稍做停留

心事皆應保持平靜
對時光卻越來越敏感了，又一次身在船上，海不再那般寧靜，浪花輕拍竟拍出時間的變奏以及突現突沒的心情，你看倫禮沓的日輝，不是與先前有異嗎？你看那後浪漫漫推向前浪，相逢時有所激盪，卻為何總起衝突呢？岸上，人潮來往，或情侶，或小販，或獨行

者……那邊堤岸上本有一對夫妻，同他們的兩個小孩一起飲食的
情景，不知不覺中，他們已走了。倒是不遠處那對情侶仍在。再下
去，你會尋到一種流浪，或一位似曾相識的女孩呢？

這不正顯示著
時間的流動嗎？
許多的真理縱然存疑，如果流光般的所見所聞亦算緣份
對美好的心情又何需去置疑呢
你看那老人多麼悠閑的神情
那對情侶好一幅甜蜜的情景
而遠處那位女孩很美，很美
很美。哎，你在何方？

嘀嗒嘀
鐘擺……紅日

往來不停息
不停息，不停
息

可知？
他已策馬在追蹤你的途中。對人世善與惡的愛憎，已逐漸淡遠，原來人為自己的情和慾，和一已自由的保護，對不同意的人事也能容忍，對心目中良善的人事也不能避免去傷害
與其分辨一個人的善與惡
不如分辨情和慾的正宜和偏差
情和慾的結合是否如他眼中的深情？跟蹤你的身影，你的神態，讓眼中綻放著你莫明的平靜歡顏。渾不知，多少時日。但你一定知道，他那般坦露深情的關懷深處，有著他最深的沉靜和理智，他想瞭解你。是嗎？但是

嘀嗒嘀
鐘擺……紅日
往來不停息
不停息，不停
息

「我要離開你了」
「你的歡顏令人著狂」
「可是，我得離開了」
「我發現自己，冷酷」

「我不悔」
「那次，是錯了」
「我很倦」
我最初的夢

八、古今——並悼菲華前輩作家林泥水先生

A

長夢是數著一路石階的
杯子嗎？為你喚醒時
抬目但見，有酒
有不可計的酒杯
為你飲盡
啊，醉矣
是誰，是誰，是誰
皆醉

憤怒，這杯子
一個空一個空的夢境
我要為你酌酒
怎麼來不及酌進
一個杯子一個杯子
竟空成
這麼深，這麼深，這麼深
的古今

B

歡顏依然是一種原則，無奈依然是生命中一把無聲火焚，體驗多少
悲喜，克服多少情感，失敗，是沒有尋到肯定的樂觀和精力，卻把
這條路看成長長的……

重讀詩人月曲了的〈眼睛〉：

嘗過快樂和痛苦
一樣不知
時間的味道
我們是
貪玩的兩隻蒼蠅
也想飛越
那片好奇
撞出兩個洞
讓所有的蒼蠅
飛出

好奇……飛越……好奇……好奇如何飛越好奇呢？

或者，這一條東方式的情，我不宜再走。然而

你看，這條龍多完美
多滄桑，有期望，有關愛
可是〈雛龍〉的老龍已逝啊……
那麼，小龍，小龍呢？
我聽到有人在喊：小龍
一大群的人落荒而逃，我也是
只感激誰人的黑瞳瞻著朝陽，向
暮色挺身而去

在東方，心靈和天地為何這般親連而遼漠，一柱柱碑石一柱柱寂寞
我很喜歡一首詩〈尋〉：

我尋找著真理
費盡心機
找到的卻是平凡無奇

我尋找著自己
歷盡苦楚
找到的卻是你
如果光陰能平滑如鏡
鏡裏的影
也許只剩下模糊
如真理如你
消耗我最初的夢境

真理是平凡無奇嗎？不堪說，不堪說，驛站很遠
我把消極的碑石立在年代的荒野
容與極遠方的你
相約

九

感恩賜，無以言傳

輕曲・系列

教室裏

轟轟轟轟響的發動機
腦袋裏在旋轉
叮叮叮叮敲的清音
老師的催眠曲
喳喳喳喳著輕翔過
麻雀叨走幻想

仁慈是校園的風吹來，退去
女生的飄發停止
一剎間的清靜，瞬息
天空自窗口隱去，教室裏
故事，重新開始

緣的幻想

嗨！年輕人
你要去的方向？

牛仔褲裹住扭捏的步履
前一個女孩
後一個女孩

追著一個女孩
一個女孩追著

站一站
讓走的走
來的來
風中雨中人生中真理中空間中
柔與堅的手相握
愛情佇立

情

城市，窗簾開始關閉
伊甸，始祖收集FIG LEAVES

愛情，成為上帝新寵

叮叮懸進，星星與巧瞳
遺失日子，歲月，時間，永恆
聆聽步履的心律深叩大地
熄燈，大夏成一座座荒山
車燈打開夜的征程
晶晶閃起，星瞳與巧笑

方圓裏，踩出天地
喜悅的音籟靜靜自宇宙歸一

你佇立的角落有風
你存在的時空有光
愛情，將幻變淡忘

輕曲

穿越窗口
玻璃與景色
年輕人走過
歲月輕隨

哼啊哼啊哼起流行曲
拐過街角找王
老伯下棋去

星盤無聲
棋者對坐

紅兵涉河
局勢變幻

唯一的白髮探自黑髮
日子就這樣傲笑

責任・系列

轉變

光源開始侵入孤獨的
幽居，親情在那邊
你必需奔去
一切正轉變
喋語開始侵入孤獨的
幽居，人群在那邊

你必需奔去
一切正轉變

諷嘲開始侵入孤獨
的幽居，光榮的標記
在那邊，你必需奔去

風鈴蕩起第三次警號
沙漏立成洞空的深淵
黃昏開始以閉鎖
的姿勢，你必需奔出
一切正轉變

走出八方的天空
在人間，開始路的尋覓

苦酒

第一杯苦酒
繁亂你心神
歲月呈現醜陋
的第一杯苦酒

山林狂野舞起
古典的輕曲轉調憂鬱
鳥兒飛出道道難解的
方程式，美景
在第一杯苦酒的摒棄
之外，扭動憤怒魅力

然而，苦酒注於歲月你
必需，好奇品嚐
必需，用盡心思去體會
其味——回首時
將驚覺曾是源自無奈因

歲月如此莊重
敬你，第一杯苦酒

責任

而此刻，倦意征服意志
散著軀體，攤於昏暗
微微張眼，力望光處

遙遠，真實
這是誰都知道的
解開今日的陰影
明日將是明朗的
而全身痙攣，痙攣
不過是浪漫主義假古典
的掙扎，最終，撐起
能走出此處的
只一縷幻想
走入光的區域
負起責任，於夢

而在暗處，如此安詳
童年停息老人之胸懷
負著前生的債

睡眠便是最始與最終
最後需放棄一切的虛偽
掙扎停止
明天終究是一新的開始
而今晚
背負明日的惡運沉睡
時光不止黃金那麼簡單

地震

一

倒塌後固執的巨墓
夾住血肉的三文治
扭曲了掙扎的呼聲
一隻隻銘刻名字的
小手　根般
自土地伸來

這是生命的痛
蜥蜴……蜥蜴

攀爬出的邪惡
噬食著屍臟：

啊！地震
剎那埋葬熟識的
身影、眼、心跳
墳場——陌生公開

二

救援車，載屍車
志願軍
日子做些什麼？
日子寶貴，但必需
驚心地，撿著死屍

必需望流浪的人群
飢餓著，無家可歸
暗夜的方向正作祟

三

人亡了
家失了
國傷了
心亂了
而後—海外
千島—血脈
響起同一聲
呼籲

這是生而為人的輪迴
血汗和金錢
金錢和災難
災難和愛心

人性在
呼聲中
呼聲外
感覺
選擇
行動

註：一九九〇年的七月十六日，離菲律賓首都馬尼拉約一百公里的Cabanatuan市和碧瑤市發生瑞氏八級的強烈地震。據事後報導，事件造成一千六百人死亡，八萬九千多人受災。當時由於地理等原因使得當局救災困難，一些蜥蜴跑出來噬食屍體，並且引發出疫情。其中一則新聞報導有個華人小孩的屍體一隻手伸出土壤，掌心寫著自己的中文名字。

夢

村道和市道連在一起
紅燈和白燈混在一塊
和朋友一起閑逛，是的，閑逛
且注意那孤立的書攤
無人把守，這本是
《美國聊齋》奇怪而你說
的那謎題謎底大概是
水我轉頭向朋友說，可是
朋友不見了，啊朋友不見了

過去，向那家商店詢問
店員的冷眼裏——沒有——
老闆的嘴緊閉。自己找吧
那角落有道門——跨過
去——一切驀然改變——

水墨畫，山峰，雲霧
相識或不相識的同學們
正攀山：到上面找朋友
吧古荒曲折漸上似唯一的山階
笑容們似真似虛似近似遠
與淡霧，我仍攀行，面前驀然
是一身藍服，一個警衛——
怪事：你要去台灣嗎？台灣
台灣！台灣？然而上面是

雲霧——山階悠悠然空無
我抬頭驚詫——
警衛的無聲使一切故事
空白——

返回，發現自己在擁
擠陌生的人群，突然
望見一隻鳥在行人的足邊
轉動。要被踩傷啊趕快
撿起來，那鳥木刻般僵滯
而腹部一片奇異的血紅
奇怪，我放回，怪異的
茫然的鳥轉向西方

朝下方一塊荒石，危險感覺
中躍下——躍下——
山脈漸漸明晰又漸漸離去
景物們逆向我的路途……

鬧鐘響起來了，不知
是否黎明使夢沒有結局？
也不知，我將返回哪裏？

懷黎刹

立在革命的年代
信仰，最初的傳統自火熱
的靈魂，放逐的日子裏
愛情困於憂鬱
唯英雄，擺明自己的血統
與身份，高貴佇立
在異國人的國度
俗人總藏起真話，讚著人群使
他們墜落，而獨裁者

將光與權利錯誤收集
鎖給自己

清靜的日本的巷道和櫻花，輪船
駛著，眺不盡西方的成就與幽默
巴黎鐵塔的象徵令你含淚，唯
英雄，歸自異國天堂
那時只有原始的真情不要古典
菲律賓，沒有騎士的夢
面一眼風沙

書與呼聲，淚迸自情感
血和生命的痛革命——你回國
迎住最後成為模範的一戰
苦痛的真誠總以黎明的姿勢

輸給永恆，輸給國家，啊
　感受自由的血在死亡與甦醒
　之間掙扎
　悲劇開始
　羞恥啊！可愛的童年
　真夠小醜，名利的嘴臉
　悲劇在此
　悲劇過後
　：光榮不足，以我丹血染紅

必須有一條路源自黑暗
必須有一條路
源自黑暗
信念從不考慮路的荊棘
你的望瞳成星

留八字鬍的西班牙將軍滑稽
與無知的坐著
歷史書頁憤怒中翻過

馬尼拉城的中心國家的中心
到倫禮沓公園，流浪的人們
這夏季，風深深膜拜進大地
椰樹的綠葉向千島
你岩石的形象深邃堅冷
世紀的深，火熱的靈
魂成熟為真理。這一個
夏季，誰都相信
那兒是赤道的中心

立體的幻想

當我開始以廉價賣掉
我的玩具，遂把
書桌整理得很古典
另一個開始，慎重
在一陳舊時鐘上面
放上一壺小巧的酒

在靜的剎間
無聲，面對
且想不出，在

歲月的那一刻
酒，將失去其位置

而那玄色的壺子，日子
的靈魂在體內抽像，隨時
藍藍的波動將瞳景扭幻
玄青立體裏古典時空旋轉出
永恆的一刻

我進入自己珍愛的天地

貧民窟・雨夜

這是雨夜
窮漢的惡夢開始

腐朽的潮濕在老鼠的
爪下跑……這是雨夜

蟑螂邪視著闖入驚瞳
蟑螂受風寒暴死體內
啊這是雨夜

鼠群修築起古墳的潮息
靈魂的吶喊被饞齒噬咬
這是雨夜

魔意霸佔整個黑暗地區
軀體如屍體醜惡的扭動
啊這是雨夜

當倦意勾結惡鬼與魑魅
靈魂鎖於屍變無處可逃
這是雨夜啊

睡眠活生生吶喊無聲
夢魘無望的望向時間——
這是雨夜

馬車與韁繩

整個下午，街邊挺立
無聊是牠最重的負立
流於馬奔動的血脈裏
湧起時
——四蹄滿揚起的熱望
而低吼，做剎那的掙扎
便感受韁繩的緊扣城市
的擁擠
而後，深深預感
一生的範圍

溫柔的誘惑

輕輕閉起少女兩睫裏
的沉思，倦意自然美
將城市的雜音與亂景
合沒。你嚮往的時空
彷似一凝神
就倩倩棲入
如此奇幻，羽化我眼神
心靈戀記憶的空間
你的身影走後

我需再尋望，年輕的方
向逃不出潮流的苦惱裏
喋語裏，愛情或神話乃
是奢望

再一夜決定沉沉睡去
而我的夢如此矛盾
移進你倩立的時空
在決定淡忘的時刻
從你溫柔的誘惑開始

夢魘的永恆

穿越光和影
夕陽茂盛之紅輝
自門縫，那血束長長刺入
角落裏，搖椅裏
蕩漾的暮黑夢想
精神，為沸沸市聲
編織與擾亂
而冷冷幽眼深處
滿是驚意
血的尖矛，漸漸，縮去

如盤古變幻於大地
沉古交觸之退失
留暗夢的完整閉鎖過來
不止的沉思
選擇黑暗裏開始的
經歷被黑暗選擇的過程
意志的掙扎肉體的
痙攣
黑暗裏警記危險與
淡忘危險的危險

需晚餐的鐘擺聲
——蕩起，心裏生活的機動
需訪客的叩門聲
需日光燈亮起

需豪笑的慾望
來憶記人生的真實

死亡

天井中，一隻蟑螂掉進水盆
我看著，它划水向八邊尋路
我看著，沒有缺口
　死亡的圈子
　　當它游第二圈
我看著，一圈比一圈
冰冷、水波、歸沒、泛回。。。。。。
我看著，痙攣
痙攣——微微——彈出水紋……

我想起功課
離開現場
一盆污水盛一個清白的死亡

枯枝

輕掀窗簾
那窺探的鬼影
時時，我們的眼眸
只為容納某種空間某種
燈光，只為
望去一排路
燈驚覺記憶如流光疾閃
孤立的燈下
流浪漢
默視手上一截枯枝

輕掀窗簾
那窺探的鬼影

軀體，留在房裏
神思搖起那夜的閑逛
漂泊世界，無邊的風
構成
枯枝的立影
歷史、未來、紋路、一生
枯枝的立影
流浪漢的眼神
漂泊的歲月
無邊的風構成

伏身運動

俯仰，夢起盤古
一生，天地交合胸懷
充滿勇士之呼息
撐起，血與
山峰之奮鬥
開始——漸劇——
再非金輝流光
能令其停止

跑步運動

腳步與腳步的躍動
之間，時時幻想
正奔往某種空幻
征服高峰，而竟漸
漸奔入大地，無懼
覺大地奔來
直到
捱到牆

再捱幾分鐘：
再捱幾分鐘：
秒針一跳，回到出發點

暗路

空地上
一列螞蟻
走出一條路

那路向堅實
朝黑暗挺進

我們的步伐
卻踩出天災
讓那行旅程

震啊震
在險阻和謠言裏
選擇
它們
不肯出來
逃亡
不願在人類的笑聲中
死亡

炎夏行

讀祖先們的日子
側個姿勢
悠然，竟然
掉成炎夏的幻夢
　啊——心蓮和清水靜逝
風沙伏成大地
無可苦戀
驀知童年走離

驀然，自空氣的墳墓
驚醒，他以奔創造風
且衝破風
衝進少年胸懷
的
衝

征

醉臥沙場君莫笑　古來征戰幾人回
唐・王翰

現代的鈴音
撞開古代鐘
跳上出征時刻
一則名譽神話
靜靜，自眾人望瞳
那星火筆直的射失
這燈火，逐陌生圍來

呵！葡萄美酒夜光杯
呵！隕石
該認識大地的規則

沉沉一覺
他在赤道的雨季
開窗戶給遙遠的天空
啊！無痕跡之路
葡萄美酒夜光杯
啊！戰場——歲月

睡和呼吸

我在太極做夢：
陸地逃不開海
海逃不開陸地
太極逃不開圓
圓逃不開星輝

我在混沌中做夢：
灰塵逃不開地球
地球逃不開骨灰

凡呼息逃不開風
以及大氣的給予

呼息——連呼息
生與時間脈動
力的弓靜張
無意遠離的
一
柱
箭

睡眠時
拒絕這圓墳喋語
要風濤和靈魂們
靜成平面

水點的驕傲

透明的
落在
玻璃上
閃明靜的陽光

淡綠的
溜在
荷葉上
邁清美的風姿

粉紅的
掉在
你掌心
於信任的情脈
迸光給你眸子
一水點的驕傲

倫禮沓之夢

無所事事
夜射瞳孔
心靈映夜
望一燈火向黑暗扭
曲革命，熄滅無音
思想泊回
另次魔逃前鎖
困，閉落兩眼
擊散幻想與逃逸的
衝動聚向縮小圓點

赤道流浪者，用夜
自燃瞳將火焰吞給
自己，吞給
大地，逐沉沉息動

而睡軀溶於冷風
而倫禮沓的草地平展
而英雄的塑影守護
而島國張起驚帆
而旋轉八方蒼桑面容
而沉思疲倦時
心靈正原始醒起

將那圓點四撐
逐亂影攀爬，成夢

海岸之歌

要掙脫
寒冷的漣漪
奮力，躍自波浪
碎自時空
你柔弱的軀體
晶晶的跌進
岩石，啊
水在逆風的途中靜靜逝去
在黃昏
終於
棲入風岩的意志

藉口

停電的
夜，為我
合上課本

手伸進去……
深深深的壁櫥
自童年，取來一柱白燭

燃顆火焰，照亮

光陰與影子

走廊歌

幻想
挫折
歡樂
老歌
回音逃
不出的
逃……
論劍症
持續否
足跡相伴的

江湖呢
噢走廊
的南北
的燈影
的踩逸
的紅塵
的天涯
的
追
蹤

粉紅的天空

黃昏雨
推動夕陽的血色
自灰世界
迸——佈

雲色流落
千傘托住　激起飄沒
留遼漠一張
粉紅的召喚

招喚新眸
自童情的水天誕生
以簡單的線條
規劃都市的
流變

成全輕夢
向三百六十度延展
沒進夜

閉合的印象

夜的戰場

踩紅塵的
戰亂聲而來
的夜，輕踩
驀然，千聲萬足
密密麻麻蓋印的
夜，宣告宇
宙的戒嚴的
夜——終於——囚孤生活的
　　燈
連

燈　悲哀們尋找胸懷
連　　　　　的禍福
燈　暗病和謀殺依然
連　　　輪迴著
燈　千種誘惑後展主
連　　動慾劇
燈　今日歡樂是恆的
連　流變⋯⋯
燈　嬰孩和少年哭命
連　　運的錯
燈　信任的呼息戰陌
連　　生的呼息
燈　而望月族而瞎子族
連　　的失眠與幻見
燈　而世的坎坷

而情的顛癡
而狼的嗥問
而淚水忌妒著笑容
而守失自己於更廣邃
的戰場
而依偎的影子驚疑
依偎的影子的
夜，悄踩
千古的戰亂聲
隱去

月的故事

跋涉了千古
那一輪月
總變不成星
由於，我的嫦娥
已經是，日子的祭品

祭典已開始
那遠方的太陽
又焚燒起寂寞

看呀，今晚，一個個靈魂
正隕落著

看呀，滿月像顆太陽
不，是九顆太陽
照耀著紅塵

看呀，我的嫦娥
在廣寒宮內起舞
昔日，我撥弓，她撫琴
今晚，她唱道：射吧，射吧
今晚，我又把一支長箭
刺入自己的心

雨季

轉一個身如何
以雲海拒絕了
母親，除雨誰
為那少年悲傷迸淚
雨季乃我走不出的
胸懷
過了夏季
張雙臂：我需要你
凡勇士
不忍受熱的空寂

隱士，臥勇士的倦意
和流水的感覺太近
於是要雨天出行
在河中站立
啊童年，中國
心跳們逆著你走
　那黃河滔滔
　仍舊呼喚
　許多前生
　引出遠方
　這淚的回應

問此生有幾縷血絲隨水流而去
方知幾年來
血緣隨兩種季節

涉於四方的
招牌垂下水
漓漓英文字
而四色傘下
為何仍賣著
魚

吶喊

自某種慢性
絕望的
毅忍間
迸佈成火焰
那種燃燒
乃憤怒的末後掙扎

這場吶喊乃非哲學
的思考，吶喊

是一場
意志的豪賭開始

如今呼喚心靈的雄鷹
喊鷹，唯有一間公寓
讓回音的遼空
相互撲擊
如種種翅
於固有空間
必逢的爭鬥

動念時或會看見
那遠方的投影，某晚
聲籟滅沒裏驚醒

做一徹底的
輸者

再讓，一聲祈禱
孕於深寂

而能孤獨的起火
尋找，出發前的溫柔

晨遊

少年銀夾克的流線
塑像，自夜中迸顯
廣場，接天空清影
湖對湖
發光的不是
那旭陽

旭陽。比昨晚
那吊燈
更高地燦旋

啊！
新時代
沒有時間唯
空界在呼喚

遺忘來路的晨遊者
尾隨人群及迷途的
　影子。遊走
　　像拉著
　　　一個
　　　　夢

把世界走遠——悼三毛

去呵
牽過駱駝
你的孤單
看遼遠長路
此去，非解釋
人生的界限

誰能測量出
風，自赤地
吹成一城雨季

背影的滄桑，信你
睡夢中總一個塵世
想浪子的吟哦
仍是遠行的風
去呵，你和沙漠的真理
只悲哀，是一個個的
啞奴

突流去
情懷和紅塵
最愛和碧洋
佇問和天空
突自一條靈河
歸來，想飄遊此生
如何就化解

許多禪的友誼
「不知嗎？最令你
動心的，何處……？」
問著啊問著，你的
身世，那晚怎問出
一柱白燭火
戀上，一生的風

去了，最晶亮的
時光的雨流，一點點
逝在台北的燈上
握一縷韁繩
你的孤單
留遼遠一路

而撒哈拉啊
紅日中
凡歌者
皆已遠行

後記

何時開始接觸現代文學呢？現在回想，應是源自一位華文教師借我她所訂閱的台灣的皇冠雜誌，自《皇冠》上，認識了不少台灣名作家，其間每有三毛的作品，總被列於封面首要引介，那時期，也刻意去尋遍她的著作，成了三毛迷，後來，為感謝那位老師，花了一個晚上閱讀，讓〈拾荒夢〉、〈雨禪台北〉等文章活進心裏，第二天，將我所珍愛的一本書《背影》送給那位老師。

通常目前的作家，她／他們在外或出國，跟一般人同樣，現實而理性的生活，作品的誕生，是歸國或回家後，才從回憶中去飄泊，三毛給人的感覺，卻將情感帶去流浪和定居，也許丈夫荷西永留海裏後，只留流浪，而回台北，雖然有個家，反而更飄忽。記得《皇冠》曾開闢了一個關於靈異現象的專輯，某次測驗幾位作者的「靈意」，先由靈媒使她／他們進入催眠狀態，再看何人能進入一條所謂「陰陽界」的靈河，結果，據作家們的「回憶」，三毛行得最遠……。那時對某些事是固執己見的，本對靈異的報導一概不信，但那次卻耐心的，直到接受了三毛的經歷。

後來，讀余光中的作品，余光中論及當時的文藝風格，曾問：我們是否應該從《背影》裏走出來了？余氏的治學觀，甚受劉實秋的影響，在某方面，是劉氏古典主義的伸延，劉氏早在五、六十年前，指出中國人雖奉行儒家思想，其實內心深受道家的感化，作品多浪漫，甚至消極，其瞻望可自台灣生活的流變，文壇對西學的接觸更廣微而顯現。觀後期的台灣文壇，羅青走出一段科幻詩作的路，張系國的科幻小說、林燿德對都市心靈與形象的探索、李昂續魔幻寫實後，強調以性來表現時代的特點等等，可見創新的作家正自時代尋出自己的理念出發點，亦令早期的作者承受考驗及影響。

而當我接觸更多的作者，越感覺三毛的孤立。有人說文藝領導時代，可是因時代的速變，有些作者會「一覺醒來，悠悠十數年，只一臉鬚髮，身旁螞蟻、老鼠惝然行走」（印象自羅青的《抓賊記》）由這感覺，會是時代影響作者尋求轉變的先兆，而曾偶然讀到三毛後期的著作《隨想》，其中一句：人生是一場旅程，死亡何曾不是另一場旅程的開始。已曾誕生一縷擔憂，而暗暗的祝福！

數年不曾刻意去讀三毛的著作，讀到她自殺的消息後，亦未去重讀，閉目中，卻不禁想起〈啞奴〉的無語問蒼天……如果，現在方讀那篇作品，最後是否會將其劃入人道主義？而〈啞奴〉曾令年青的我淚流，令我肯定悲哀及愛心。我想，三毛所以廣受青年喜愛，或是在她／他們末看到人生的界限、末認為現實會屈服他們、或於一種預感中，為他們活出一個真實的浪漫的傳奇天地，然而經由成人幻象的〈拾荒夢〉等篇，亦可有所了悟。

三毛有一句話：難道你不明白，人間最令你動心的地方在那裏嗎？成為我筆記中珍愛的一個問號。不想她自己已經放下此句。想想讀她作品的日子，不禁引發得自己歌唱起那首『寄情』：

有一份思念
寄情於煙圈
再次——提醒
我不能有改變……

一九九一年一月十三日誌記

戰爭・遊子

英文招牌下
看報紙張口
說：南京大屠殺
　沒有那回事
直至標題流成一片紅
鉛字拉成一片幕
你的眼瞳是旋轉恩怨

昨晚，你流浪好遠
你是啊浪花

竟撲進那荒亂歲月
竟灑出一大頁
的水淚，你是
一個飄零字母

而你孤自醒來
瞻望，又是一旗
灰標語
：戰爭
　是不可避免的

蝙蝠與夢

流星後
夜的一顆
黑眼睛
墜入玻璃窗

它豎耳驚視
滿月清輝
馱我的童年
振翼
高飛

流浪

荒地上等候
集車
路的奔馳轉
向家
一顆燭火
飄碎於燈眸
且重新數著
歸宿。且走

且天涯測量
人生

偶而
棲進一地方的風
暗過任何具體
一會兒，遼路的溫馨

行過燈柱
推影被橫影
悄然捕走

螞蟻

螞蟻螞蟻
跋涉跋涉
只有路
沒有景區

一間房就是世界
生活與危機
觸鬚對觸鬚
唯一的關懷
是生機

螞蟻

生，為了歸回
活，比危險重要
路，比食物重要
家，比路重要

鳥瞰城市

自高樓的天台縱目
幻見我是鷹，曳著風
仇恨的俯視，行人與
路、車輛
販攤、樓群
幻見我玩具的王國
於是，伸爪一攫
竟然，整個曈景列若幻影
匆匆遁逸，空靈如風
城市帶著冷笑泛去

漾成我的翔翅
觸不及的遙遠

就這樣把我嘲笑成
一隻百靈鳥，溫柔
且小心的觀望
且感覺雲空的清寒
悄悄轉過身
棲進心裏、巢中
且仍然夢著，城市之上
冷宇中
有鷹與風漂泊漂泊著競爭

星的跟蹤

走了長長一段路，始終
懷疑一顆星的跟蹤
黃昏的孤星，冷寂清亮
在擁擠的人群裏
懷疑被一顆孤
星的靈魂看上
要誘你走向某個空宇

於是我拒絕仰望

夜正改變什麼
街燈、霓虹燈
廣告燈，開始
把守自己的崗位
馬車達達、車輛默默
靈魂藏伏各自的眼眸
窺視，以冷冷的姿勢
我發覺天空
星群不相關的閃爍

路上，懷疑一顆星的迷失

歸家，信仰的時間
請莫闖進，這房間
亦是靈魂的秘密

自安全的窗欄裏
望夜的深深的荒蕪
靜靜的，一顆明星
近近的，懸入窗框
逗起我信仰且安心的微笑

沒有土地的寂寞

圍火而歌。圍我而歌
終八方而歌
把七千多島嶼都
撐走了

寧淡或絕望
皆會迸出嫉妒

自焚這樣的赤貧
讓風情留成

沒有土地的寂寞

落日

不知第幾顆火
準時，把心情焚開
當眼睛與眼睛
相互墜入，乃
領悟輪迴
飛越滄桑

回憶或瞻望是
擁擠中，千億個孤單
天下又是一面旗飄蕩

黃昏、馳騁夢、狂歌
禪靜宇宙星

而途中的我
總敲響許多鐘
燃亮許多燈
策馬在如此的光陰
你下落時
靈魂和路是垂直的

海岸

路焚著風濤
於長城向東否？
一回顧，瘦成西側
因果懷念中
岩之煙行

把身上群帆
放飛成鳥
鳥翔成霞

總后羿最後那縷箭
擊落黃昏

浮沉幾千載
眾生
仍列自己
在這條弓弦

新年

思念走失了
向明日的夢
梵唱聲聲環繞
「新年了」清晨
你輕喚的祝福
飄成一面光旗

孤單去尋
那孤單日記
又一年恩怨

碎落在城市
她說：昨晚
那一場煙火
已盡入夜色

戰爭停息了
血和長釘
又喚醒你
讚美歌中
那晚的基督是浪漫的

那晚的
聖誕燈
一回燦旋，一回風塵

夢蝶

文字蛻變
煙化為鳥
翔遊唐宋山水
又讓風吹　飄動時光
招喚思念
雨打
敲擊你我點滴
寂滅後　誰是那魚？
寄浮想清水
歌逍遙林泉

藝術夢蝶
於是清醒
生活的我
鼓動兩翼透明
看見境界
的美態

窗的日記

張口
欲喚童情
霞雲經已奔出
只見旭光佈網
皆不知結局
留下邊界一般
的天際

街上
沒有一人

有意停格於
一張自為永恆
的地圖

幾隻翔鴿
因為突湧寂寞
而墮進夜色
窗方自覺
呼喚天空的方式

你的燈
已化身萬千
為何宇宙的星球
逐一垂直孤零
的失蹤著

經過的圓月
似一洞上淩的
井口走進
深夜

燈

一

長途背後
星球繽紛
許多的結局
乃永恆的流星
靜黑裏，火焰年輪
你悄悄回顧
向八方

壯志是一個年代的歌
不絕唱給風
不絕飛揚
聚與孤
靜黑裏，祝福給誰
你明亮的容顏
明亮著

二

宇宙的高度
和燈
眼睛的深度
和燈

你知曉深情的位置嗎？
和燈

誰知曉？人生原沒有風霜
願望永比你我古老
和燈

閃滅之間
悲歌與豪笑
已離萬重山
你把深情留於何方？
和燈

寂與靜
已是常年的季節

記憶裏：春夏秋冬和燈

和平鴿

天空
一朵雲
突嘩然驚起
的化為
零星

和冷風一起
落入暗夜的網

天色裏
和平呢？
不可測的黑瞳
焚著兩把
火
讓自己
溫暖

聖誕燈

日出以前
盡情歡慶
在熱帶炫目
之派對

我們編織
七彩的星圖
讓此眷愛城市
重新華麗

為遲來的你
悉心佈置
聞名於世之
落日光輝

向日葵

孤獨的
掛念著
孤獨的
夥伴們

仰望著
感動於
仰望著
的影子

夜空眼神

浮沉
於年輪
仍願你看到
安詳的
天宇

韶光

日出
向？投擲
漸變了臉色的
夢

太極謠——有懷

月的
開啟裏闢暗
四海一家的
燈

今晚
圓月
吹響
明亮
音符

自公寓開始

閉不合光的百葉
窗，恨那探慾毫不隱藏
闔攏後，印象激出火花
燃燒著陰暗區
午後，公寓裏一把火
焚於狂亂思維裏
「而何必，以此腔憤怒
去挑爆旭陽」
昇憶都市的形構
欺凌著風雨

你推，推入下世紀空界

當善擋不住廣大的
牆容。而何以需要
一位神
竟見燃燒者是黑色
情緒，那精神狡黠
選擇兩種依靠
讓其成仇，戰爭裏
再度發現，自己，黑色的
火。將繽彩
吞噬進一個靈魂是成熟？

你審視
隱形的電源伸出兩洞

毒口，挑撥器具發動
鐵與電圍攻，閉退的
百葉窗，卡住片片風
公寓裏，開始人的息喘
鏡虛斜，兩手摸索容顏
生長的情悸的擴展
陌異如外星人情懷忽生

漫久後，你想世界，已變
面黑暗後
終將拉開
窗。旭陽，已燈碎
其形軀，任風陌生吹揚
黑色的火，已無懼
其間燈形撞焚出一片詭意

誘你外出。而今
世界的慾望足以，造就你

教堂的光

我以眼眸賞玩
那飄蕩
垂進玻璃窗
的日光
乃某天使
之裙裳

突又悚然自顧
這赤裸
羸弱的靈魂

穿戴著透明的
永恆

王城之土地

幾架西班牙
的馬車奔過
花草末激動
清風亦忘懷
唯蒼冷城牆
仍圍住痛楚
的達達戰歌

步越青草坪
國父黎剎之

最後的腳印
卻深烙著
堅硬的土地

王城之遊客

風吹　雨淋
日曬　如斯
傷口痊癒
我們再來
拍攝和平

這斑駁城牆
已能冷冷淡淡
看著來來去去
我們的膚色

王城之祭典

暮色圍城
古炮寂寞
又向歷史凝望
起義的火把們
點亮一個個
島嶼

又得思疑
倫禮沓公園
那側影的瞻望

如何靜住
夜空紛繁
的彈雨

王城之地圖

從馬尼拉市大學
到聖地牙哥城堡
溫習歷史課
只需和平巡步

往武力鎮報社上班前
於聖奧古斯丁教堂
凝聚心神
乃虔誠之習慣

而去華裔文化中心
又得途經侵略者
逐一撤出後建立
今已老舊的移民局

想像昔日盛況
沿著城牆外圍建設
王城高爾夫俱樂部
更是革命性概念

祈禱

願人得與神辯白
如同人與朋友辯白一樣
約伯十六：21

誰讓
渺小草坪
漫為曠野
一寸空界
渡入方外

雲光迅飛乃
某種面容
掠視大地

（悲喜諸相
　或許塵土之
　摹想——摹想
　之塵土而思
　想等事豈非
　生命之樹姿
　善惡之投影）

涼風飄去
我逐看見
天地眨了

一下眼眸
流露一些
什麼
於我明靜
不再言傳
的祈禱裏
泛起潮浪

中秋——十年後

那晚
我沒能挽弓
把那記憶
射滅

之後
那弓遺落天宇
撥調思念之方向
而我，在上弦，下弦

的暗影面
生活著

驀然
一柱光箭
射中我
今古的眼睛
又盯住了
舞台上的
我

品酒

嘗著
未醇的年份
他鄉的水土
感過辛楚
嚥下雜質
（願你久遠含住
純　真　甜　香）

一悟再悟
舌頭已失言

只等酸甜苦辣
湧到喉間

悠閑著，在仲夏的永夜

一

這莫奈的水榭
悠閑著，進入仲夏的永夜

我們垂鉤
觀虛無吞吐
牽一些火的落影
釣幾種明滅

二

她們燃放
孔明燈，七盞
向大海暗夜

這子時的儀式
使彼岸到此岸
大地和天空
擁有聯繫

於是潮海擊鼓
星空俯視

這裏發生一場
光與光之間
繽紛的戰事

三

八彩的旗幟
拍打西風
四散的椰樹
旋身迴視

這熱帶的舞群
展放春意

那火鳥的煙花
卻入涅槃

起身吧！朋友
禪悟的星圖
誘人的迷宮
已然佈就

島與海外華人

那晚
一座寂寞已久的
島嶼
突然，劇烈浮蕩

它八方的潮汐
也泛出滄浪
拍擊空間

那晚
在不息的漣漪裏
我被它失了根
的吶喊
驚醒

夢蝶之後

醒來
房間只留住
一曲梁祝與我
成方圓的地圖上
一杯咖啡搖盪
苦澀前路
觀煙飛縷縷
翔出旭光

眼瞳綻放
朵朵淡黃葵花
宿命的方向裏
尤臆測境外之諸相
及仰望著自己
的影子

（日影飛去
低頭尋覓
的向日葵
沒入晚風）

當燈火
詮說各自的
韶光的去向

或有人又數起
都市靜止的翼彩

我已爬進泥土
蔓延為根
而夢朝上方
生長　向某種嚮往
的天空
不做任何捕抓
沒有人的
盼望

和風若識
樹海茫茫
之外的一顆
我

斗室哀章

虛無的天光
來關閉門窗
靜眠的孤燈
已喪失開關

遠去的樂曲
飄落向深淵
喧嘩的大千
棄我進幽暗

沉我身於黑
埋我心入墨
葬我這魂魄
在夜的瞳睛

失憶

太初，夢是一片混沌
有靈在其間擁抱
纏綿
孕育出愛情
結晶

昨晚，一場核爆
震盪了年輪
曉晨，我睜眼
鮮血向空間飄浮

煙化
我看見光

我沒有愛情
我沒有思念
我也沒有時光
我推開窗
看見一片
茫然的人海

自由民主——潘多拉的魔盒

藍的下方
是一片深綠
它們的邊界
卻涇渭分明
傳說，事物一沉過界
會迷失無蹤
若浮上來
又成為白骨

如今
水攪混了
地圖也已斑駁
但藍與綠，卻被證實
不可溶和
幾種魑魅魍魎
一些深海生物
正漂遊，噬食

自由，民主
也已被證明，是潘多拉的魔盒

LECHON

教堂內
祭壇總空著
因為人世間
再也找不出
潔白無瑕的
羔羊

人世間
祈禱的人類
緊緊圍繞住

餐桌上那只
紅紅火火的
LECHON

註：LECHON——手烤全豬，是菲律賓的一道著名美食

靜月思

月色下探諸相生
上尤問天幾重深
但得洞然自身夢
不昧主宰閑雲心

離聚不識今與古
盈缺無知得與失
得失枕做黃粱夢
今古依舊新月裏

思念

子夜突醒
了無睡意
披衣出門
見滿月青空
萬里無雲
涼風吹拂裹
一絲體溫
恍然
又見那人撫琴
時空變遷

而琴音入心
思念是形滅神存

涼風吹拂
我立於月的清輝
不留體溫
思索著
塵世情愛
應如是

永生的燭光

一
桿筆
已焚盡自身
它讓墨汁成火
靈魂作燈
因為，它的稿紙
曾是暗夜

那夜景
已溫馨怡人
燈火萬家

正沉默感受
微風吹拂的自由

這一天
我們聚集
我們揮別
我們捧起
一樣的白燭光
在這片土地上
邁向各自的
家園

註：寫於于長庚老先生追悼會後

我的飲料

我的咖啡

平淡　苦澀　甜蜜　芬芳
開水　咖啡　白糖　乳脂
我的咖啡已經不加糖
因為那最是不堪回味

我的茶

煮沸的
一泓月色
逐漸地濃郁

一抹陽光
也滿懷熱情

煎煮著
我的膚色

我的可樂

炎熱的異鄉
乾渴的我
賺了一倉庫
的可樂

它們將會是
我留給子孫
的遺產

我的果汁

貪婪的舌頭
沾滿葷腥後
來場甜美沐浴

它的洗澡水
日新月異

我的維生素
五顏六色

我的酒

啤酒的黃昏
葡萄的霞彩
將辛酸的白晝
釀成美景

然我更喜愛夜晚
這麼個酒桶

我的家——聽騰格爾的「天堂」

看
蒼茫在擊鼓
那鷹又起飛了
每一下振翅都
向著
天堂
歸家

睡蓮

綻放時
天光暗了
柔麗的顏彩
棲上你的花瓣

入眠後
夜色碎了
隱形的蝶群
起舞你的冥思

睡吧
時空的襁褓內
睡吧
微風的搖籃裏

孤獨——高樓俯瞰有感

陸地上
建築著
人類的世界觀

於是
你我生活
在這擁擠迷宮

於是
船隻孤獨了

在大海的起點
吸引著
我

陽台上的仙人掌

我從遠方凝望
花海中
一朵花
的綻放

春季來
雖短暫
然繽紛

然我是陽台上
一株堅硬的
仙人掌

孤獨地認知
我，已枯萎
她，將永生

十月狂想詩

釣魚

我的時間
只得釣桿那般短
然而大海
釣住了我

一群白雲
悠閑地遊過
其中一朵
咬緊水中餌

釣住這種虛無
暮色四合時分
我終於
落了網

游泳

雲浮在上空
魚沉在下方

人
浮不起不能沉
的
浮沉著

散步

龜兔在賽跑
我在散步
往事那只烏龜
咱不等它了
可前方呢
不外兔子的夢境

劉翔在飛翔
阿甘在奔跑
我在散步
我像一隻烏龜
一攀，在劉翔的天之涯
一爬，到阿甘的海之角
時間配置光速了
剎那，多少寒暑

等到日影飛去
天起涼風
驀然遇見

我在散步
一步，幾許春秋

泛舟

讓我衣袂飄飄的
即為我的方向

一路總虛想
如何不再回去
是否唯投江而逝

還是那船夫實際
他仰天一陣吶喊

就魂歸山水

煙波江上
我的魂魄
繫於遠山
汝之含笑

十一月的琴音

煙花

光輝一生
黑暗一剎

光輝一剎
黑暗一生

時間

時間是位整容師
我愛的你已然不在
我除了移情別戀
愛上今天的你
又怎能不思舊愛

時間是位整容師
你愛的我已然不在
你無需愛今日的我
也不需去回憶

只要你開心
一切無所謂

心

夏有了心
秋就來了
秋有了心
就成愁了
用手摀住
心就揪了

嗯！咽了
我想念夏

我將歸去
這一路上
請別叫賣
空心菜

太極

以為太極
是一場
黑與白輪迴
原來那是
眼瞳的迷途

仰望太陽時
掛念影子
暗影圍繞
乃一次尋獲

情緒轉黑思想發光
思想暗淡裂開口笑

想念她的時候
就是感覺
自己

路

城市的蛇們
老嘶嘶說：
吃吧，眼睛會明亮
我問：夏娃呢？

人們乘飛機
歸來逃去
我登高樓
彈奏空城計

這裏掛滿蘋果
沒有什麼滋味
但若你要我吃
那我可下地獄

這個到處是扭動的蛇的伊甸
不住也罷

醉

既然是
一杯濁酒喜相逢
那麼愁腸
都翻出來

切作菜吧

既然是
多少事，都付笑談中
那麼佛祖
就沒心中留了

飲是剃度
落掉三千煩惱
醉乃禪悟
一陣棒喝
滿室盡見瘋和尚了

靜

靜乃珍貴的顏彩
我調配良久
以它畫夢

夢中靜而美
夢中沒有你

夢中
聽了一夜琴聲
醒來想起
那是蕭邦的「雨滴」

晨光燦爛
我抬頭望天
忍不住又問了
你
還彈琴否

露

清晨
露前來
尋一朵荷葉
我張手心
接住它

我願
此身成石
盛此晶瑩淚滴
讓它優雅
風化
讓此塵世
飄浮
你
我
的
故事

夏

夏醒來
她舒展兩翅
一片鳳凰彩翼
一片火鳥光陰

我的夢
一直變化臉色
她潔白、她熾熱、
她憂傷、她溫暖、她暗淡
她冷若秋霜、她豔若桃李
也許，她正沉下臉

但誰知道呢？
我也醒了
我伸展懶腰
蕩起鞦韆
在陽光明媚處

雨

午後下著一場大雨
我抬頭向天說：
天，你真是個怪物
沒有心居然會流淚

天一臉涼漠說：
人，你才是個怪物
有顆心，但不流淚

我的心仰天大笑：
哈哈，大笨蛋
真以為這滿天淚水
是你的嗎？

天俯身來向我說：
呵呵，小傻瓜
你以為你的心
又是誰的呢？

駝鳥

頭兒高高
脖子細細
自也容易
埋首深深

人們盡管議論
那不平的禿毛
那核突的面目
那飽漲的臀塊

欄內巨鳥
兩耳塞滿流沙
又在挺胸昂首
四處巡視

擦肩

一條路
兩行線
緣何擦肩
於這舊日橋頭

如果可能
相逢的　剎那
眼內的　時空
都忘懷吧

我向左
你朝右
我歸家
你前行

貝多芬

我經常懷想
那些往日的
琴聲　比翼
的飛翔

喧鬧的都市中
我終於抵達
孤獨的荒原
靜聆蛙叫蟲鳴

我繼續彈奏
獻給你　愛麗絲
深寂裏
我心挂念的音符

輯二・詩評

沉艦的嗚咽——林泥水詩作回顧

一

九一年菲華文壇的大損失之一，是僑民文學作家林泥水於十二月二十八日去世。林氏一生持著於文學，有人認為林氏是小說家，無可疑的，林氏著有小說集《恍惚的夜晚》，是公認的菲華大小說家之一，但有人認為林氏在戲劇方面的成就更具代表性，林氏的文學創作亦涉及散文與論述，不過，筆者想在本文中討論的，是林氏在其文學殿堂中後期（八十年代）的另一追求——新詩。

讓我們略為回顧這位僑民文學作家詩作上的成就。首先，筆者試把林氏的詩創作的特性區分如下：

(1)僑民性

這一類的詩包括「獻給可愛的老師」的〈可愛的破三絃〉。以華僑義山養老院為背景的〈終站〉，深具歷史性景觀的組詩〈王彬街十唱〉，長達二百多行的〈唐人區——深紮的根〉此詩分為十二段，描述作者對那時代僑民性的事物的觀察、感想與期望，詞句精練，景構龐大而意象不重複。以及〈雕龍〉此詩是林氏對海外中華文化薪傳的關懷。

(2)本土性

指具有菲律賓特色的作品如〈椰風頌〉，由菲島的氣候並憶兒時家鄉的〈謁待春雷〉，對菲律賓人民生活的關注的〈黑溝貧民〉等。

(3)對現實與社會的批評

這一類的詩作包括〈脫衣舞孃〉、〈人蛇之間〉、〈狄斯歌〉、組詩〈現代神曲〉、〈沉艦的嗚咽〉、〈鴿的聯想〉、〈填鴨〉等，批評的範圍包括功利社會、物質與時代現象、現代人的宗教假面、戰爭與現代教育等。

至於其他類型的詩作，值得一讀的有探索人生路向的〈成功頌〉、〈不農不秀〉與詩意的〈破曉聽溪〉等。

筆者所以為林氏的詩作做以上的區分，並一一列出詩題，是想重記菲華文學上有大量的作品，由於未能出書或被選入書中，正逐漸的流失在歷史的記憶中，在今天斷層的菲華文壇，出現的新生代，與上代的代溝亦必然產生。

以下，筆者則試論林氏的詩觀與寫作技巧。

林氏在得到菲華新詩獎第二名的作品〈終站〉一詩的作者感言中曾表示：「詩的取材應如其他文學創作，要以敏銳的觸角多方面深入大眾各階層的生活……。我自開始學習創作，就堅持題材必取之現實的觀念，我認為一個文藝工作者對社會及歷史應多少負起一點責任，包括這時我剛起步的詩作也遵守這個原則。」

林氏以上的詩觀，相信一向是菲華小說與戲劇的方向（九十年代以前，僑民文學大概可以做為這種寫作觀的主流），不過，林氏既在戲劇與小說方面的功力已深，轉向詩創作，亦難免遇到轉換文類的困難，仍然執著於「題材必取之現實」，這無疑是建立林氏風格的一點，是否適合於詩創作，卻是見仁見智的。

林氏有幾篇同一題材，而分別以詩與小說兩種文體寫的作品，如〈終站〉（小說〈暮鐘的迴響〉），雕龍（小說同名），組詩〈現代神曲〉和小說如〈上天堂〉與祭品的主旨相同，兩相比照，我們會發現以下幾點：

①一樣的意旨，要用同類型的題材在詩中表現，詩反而不宜或沒有足夠的空間可伸展，小說倒能以多元的情節輔助主題的強化與發展。

②小說以多個第三人稱的觀點敘述轉移，而詩體由於單向主觀性的關係，用於描繪社會題材，更容易形成敘事的形態。

基本上，很少詩人在創作的主流上，走直接取材現實的題材的途徑，通常詩人寫作也往往起於對現實的激觸，但詩的「責任」亦常是隱藏的，在詩的題材上，也甚少會用於呈現完整的社會性，現實性的情節。

以上所論，是對於直接取材於現實社會是否適合詩體的懷疑，話說回來，林泥水先生一生執著的關懷社會與現實的寫作觀，筆者以為，在評論園地未被開始，菲華作者的風格（甚至派別）大多分歧。文壇趨向消極沉寂之際，這種寫作觀是值得重提的。雖然直接取材於現實，往往會扼殺詩人的技巧與聯想力，林先生在這種局限與詩體的矛盾中，依然能開拓其特有的聯想、意象與比喻，而其用詞遣字上的功力，則如詩人莊垂明對其詩「終站」的得獎評語：可見作者豐富、深刻的人生經歷……。其蒼涼、無奈、嘲弄的語調絕非年輕一代的詩人所能模仿的。

二

林泥水的詩作中，〈沉艦的嗚咽〉是一首頗為耐讀的詩作，保持作者一貫的風格：完整的情節發展與嚴謹的結構，而〈沉艦的嗚咽〉更能夠擺脫在別首詩作中，林先生甚為頑固的自我形象，成功的把主觀以沉艦的立場呈現。

以下筆者試簡析這首詩：

首段寫沉艦意圖探測本身的處境，由「在千尋以下」至「萬頃海水覆壓」是不露工斧的一句轉折，自這句以下，由對沉艦的地點的描寫，自然而然轉入於體現沉艦的心情。

第二段自「隔絕與孤寂」開始，展開沉艦遠古的記憶，直追源至「藏在岩層的日子」，那是鐵或任何形象還未能有的時空，作者在此提示物質的起源，亦使詩的時空充滿張力。第二段的分水嶺為「際會及機緣」一句，上段述說「出坑的同伴」被鑄成鐵，「互為摩天大樓的砥柱」，下段為自己被鑄為一艘戰艦的不同命運。

第三段的情節自「風雨前的靜止」起，對比性方面，如寫舵手與戰艦的：

寵於安定的巨堡
狂喜如一條嬉水的遊鯨

到後來的：

突像一頭飲醉的恐龍
失性於指揮刀的閃爍

這一段情節轉折的「預兆」在於：

為太平洋繁華的海岸
抹上一層陰冷的祥光

由兩句我們可以發現，這種預兆又來自：

在遼闊的碧濤間
染繪閃亮的浮點

的純鏡頭漸變而成的。接著，歷史性的時空逐漸明顯，艦隊的時空性依然向前，作者卻追溯四十年（時間）被置被太平洋（地點），再睹戰事的發生……。

後面的「弧形的尖銳」一詞形容流彈，甚為準確，被砲轟的是船艦本身，作者卻採用景象回映法，寫成「而近北突崩凜冽的冰山」以表達震撼，由此種種可見作者純熟的技巧表現。

讀〈沉艦的嗚咽〉，如果讀者忽略這段戰事的記憶的意義，則可能為沉艦「蒼涼」的語調所惑，以為這首詩只在表達其歷程的回顧與寂寞，但這首詩至尾段的「化為一枚椅桌的小釘」與首段的「縱然願把殘骸化為一枚小釘」首尾相應。

但又暗暗戰慄
怕在千百年後

被更聰明的巧設吊起
磨洗銹爛的軀體
考究砲型的年代
化驗血跡的腥味

由這一段顯示，沉艦的心願是縱然「化為一枚小釘」，但卻極不願自己具有歷史性的價值，背負上戰爭時代的歷史黑鍋。

作者亦讓其設想的沉艦，與時空並置於矛盾中，一方面在本身未具歷史意義前，它「巴不得快被吊起」，可是隨著時日漸長，沉艦的「暗暗戰慄」亦會日漸的強烈……。然而，

即使斑斑的記錄
能擦去一點點
也可減縮沉痛的嗚咽

超越深海下的寂寞與戰慄，正是一艘沉艦對其戰爭記憶與生靈塗炭的哀悼。

一九九三年一月二十五日

附錄

〈沉艦的嗚咽〉　林泥水

在千尋以下／躺了四十年／已記不清葬身的經緯／撈船的觸角／從不探掃這深僻的目標／萬頃海水覆壓／縱然願把殘骸化為一枚小釘／也渺然無望／但又暗暗戰慄／怕在千百年後／被更聰明的巧設吊起／磨洗銹爛的軀體／考究砲型的年代／化驗血跡的腥味

隔絕與孤寂／靜靜回顧藏在岩層的日子／羨看相繼出坑的同伴／先後爬過三千度的熔爐／默默與水泥為伍／互為摩天大樓的砥柱／際會及機緣／自己也從期待的砂斗篩出／沿著同伴的軌跡／匯入紅紅的血液／被鑄成一管一管砲筒／被碾成一堵一堵板胚

風雨前的靜止／凜凜遊戈於無波的海上／暮後的大舵手／寵為安定的巨堡／狂喜如一條嬉水的遊鯨／隨群結隊／在遼闊的碧濤間／染繪閃亮的浮點／為太平洋繁華的

海岸／抹上一層陰冷的祥光／當天際重雲蓋起／共榮圈枷上桅梢／突像一頭飲醉的
恐龍／失性於指揮刀的閃爍／引頸張開十六時徑的血口／盲目吐彈／所有流餤滾過
的市村／儘是疊疊瓦礫／儘是纍纍橫屍／執於太陽的標誌／猶噩噩把沾紅的鱗爪／
一寸一寸／一尺一尺／伸延、侵蝕／直至弓外弧形的尖銳墜地／一箭以外的威力／
已是柔弱的孃孃餘煙／而近北突崩凜冽的冰山／窒熄最後回光的一亮／將冷卻的屍
體／沉埋於落寞的深宮／這段黝黝的歲月／是禪悟的空白
在千尋以下／躺了四十年／巴不得快被吊起／趁殘骸未朽／化為一枚椅桌的小釘／
即使斑斑的記錄／能擦去一點點／也可減縮沉痛的嗚咽

景象——讀平凡的〈落日〉

伊拉克把原油倒入波斯灣
菲律賓把芒果汁倒入馬尼拉灣

這首短僅兩行的詩是菲華詩人平凡的作品，詩題為〈落日〉，就詩題來看，是夠詩意的，但對於一些把詩的觀念停留於浪漫抽象的讀者來說，內容卻可能大出她／他們的意料。

試著把這首小詩賦於流派，或者可以說是趨向象徵主義，但卻具有意象派的表現技巧。意象派注重於「物象」的體現，要具體不用抽象詞藻，該派的領袖龐德曾主張：「覓出鮮明的細節，呈現於作品，但不作任何說明」。因此，意象派首先注重於視覺效果。然而〈落日〉一詩卻不局限於意象。

第一句「伊拉克把原油倒入波斯灣」如果獨立來讀，則只是寫實，而轉到第二句「菲律賓把芒果汁倒入馬尼拉灣」，一般讀者讀到這一句，如果仍頑固於寫實的目光，便可能覺得荒謬。然而，在這句詩裏，詩人巧妙的取本地盛產的「芒果汁」的色彩視覺，以暗喻〈落日〉的「霞光」，讀者如能先讀到這一點，就能隨著「黃澄澄」的輕波細浪……進一步窺見詩人筆下岷灣落日的美景，同時能意會到這句詩原非寫實，卻是神來的象徵。

筆者認為詩人巧妙的以動詞「倒入」兩字展示了霞光的擴展與變幻的過程，我們印象中的落日，一般指臨近海／地平線，開始煥發出夕照的太陽，但是不止於此，由於這首詩中沒有具體的「落日」，更可能的「落日」已沉於海平線，而霞光不息，且逐漸地蘊聚著。筆者會這樣詮譯，正因為對「倒入」一詞視野的聯想延續。同時西化的助詞「把」調節詩韻，賦於使這個進程發生的時空。

霞光會「蘊聚」，油卻是會浮上來的。

前面試論寫詩的技巧後，而由後句回視前句形成絕對的對比，則應該讀到這首詩的環保意識吧！看過詩人筆下的馬尼拉灣，並進而觀測到落日的位置後，把視界轉回第一句的景象。我們不免懷疑：伊拉克波斯灣的落日安在？

當年伊拉克把原油倒入波斯灣，並油海引火，造成包括天下黑油、水族類、海鳥大量死亡等等現象，污染情形及其對生態環境的影響，都是不可想像的。詩人拍攝出聞名於世的馬尼拉灣落日美景，並以關懷心對映波斯灣的恐怖景象，再就其深具本土性的芒果汁的意象而言，對於有亂拋垃圾的習性的菲律賓人民，這首小詩也正提示著環保意識的可貴與重要。

一九九三年一月二十日

中秋與菲華現代詩

前言：月的種類

伊拉克戰事似乎塵埃落定，美軍守住一口口油井，看來「錢途」無限，強權主義者的臉皮已經練就銅牆鐵壁，弱小與公平並無以越雷池半步，而另一方面，「沙斯」病毒肆虐全球，也奪走無辜人的生命，損壞正常的經濟運作。世道顛倒，我幾度欲提筆談時論事，覺得免不得怨天尤美國人而已，思之無味。思及前夜千島詩社聚會，又與前輩詩友們談詩論文，不亦樂乎！不如學一學李白，散發弄一下扁舟吧！

（話說，舟遊至湖心，見一水月，突生幻境重重……）

翻開詩集《千島一九九〇》，入眼的竟是已故菲華現代詩詩人平凡「寫於一九九〇年八月，時值伊拉克出兵佔領科威特」的〈月的種類〉：

中東的月
是以石油點亮的
自回教堂的屋脊看去
一把自古就已出鞘
現在還一直閃亮著戰火的
彎匕的怒眉

十幾年來，中東的夜晚並不清朗，只怕那裏的圓月不在天宇，卻是令中東人睡不安寧的，大地上那一口口的油井吧！隨時會讓戰火點燃為夢魘。即使今日回教徒們的腰間不佩掛他們的彎刀，面對出鞘於穹蒼的那道怒眉，又如何忘懷呢？

造物者只給人類一個月球，人類的命運卻區分等級，詩人接著說：

美國的月
插著美國國旗
並向世界宣佈：

人類在這月上是沒有重量的
當月球也成了
美國國旗中；第五十顆星光
有人不禁要問；
太空殖民主義是否已在開始

由此可知，月亮表面的那些暗影，在中國人的眼裏，可能是吳剛砍伐著桂樹，但在美國人的眼裏，又顯然是阿姆斯壯當年插上去的那面美國國旗。在殖民主義者的旗幟下，人類的文明是沒有重量的。某一天，當地球被摧毀得不再適宜人類居住，我們也許得望月興歎：美國人正在那裏做著另類沒有重量的遨遊。

記得也是在一九九〇的八月，王彬街的一家日本飯店，那時任千島詩社社長的平凡，風範毫不平凡的舉杯向我說：「就請你加入千島詩社吧！」那一幕深印腦海。平凡是一位多才多藝的傳奇人物，僅在我加入詩社的次年（一九九一）年內，我就見證他加入菲律賓記者總會、出任國泰武術館主席、就職中正學院十九屆級友聯誼會理事長等。今晚重讀這一首〈月的種類〉，懷念平凡，想到當年伊拉克出兵科威特，受到聯合國的制裁，如今美國佔領伊拉克，那些不曾支持戰爭的聯合國成員，竟正面臨美國的制裁……而我們的詩人平凡，卻已在中途缺席了人生，豈能不怨一下顛倒的世道呢？

新唐朝的月下

詩人平凡在他的〈月的種類〉一詩中，自然沒有忘記那一輪「中國的月亮」，平凡原名施清澤，出生於中國大陸，八歲就渡海來菲，然而卻會寫出：

華僑的月
是他唯一不離鄉背井的行李

這樣的絕妙好句。打開這句詩的窗口，我們彷彿看到在歲月的長路上，一位背負著行李的遊子，從古人謝茫的〈月賦〉中回首：「隔千裏兮共明月，川路長兮不可越。」一直到關上這扇窗，我們還能讀到，詩人已經把

家人的照片跟月光
一同掛在壁上

是的，中國人眼中的月亮，幾乎向來是鄉愁的代名詞，唐朝李白的〈靜夜思〉：「床前明月光，疑是地上霜。舉頭望明月，低頭思故鄉。」顯然影響深遠。但是根據記載：李白，祖籍隴西成紀，生於中亞細亞碎葉城，幼年時隨父遷入蜀中，二十五歲出蜀，此後，漫遊各地，沒有回到故鄉。那麼，李白思念的「故鄉」，到底指的是那一處，是祖籍、童年、老家、或漫遊時久居之地？且有待考據。以讀詩的主觀視野而言，我們或可作以下的神遊；詩仙李白在歲月的某一空間裏覺醒，恍惚看見大地的霜雪，已經堆積到眼前，無涯的清寒之中，上懷生命無定的本質，下思人生飄泊之諸相，那一個鄉愁的時空，要比實質的「故鄉」來得廣漠，想是因此，詩的題名才不叫「靜夜思鄉」吧！

千年之後，菲華現代詩人月曲了在〈只要啤酒開口〉一詩裏這麼寫：「在新唐朝的月下，你就會找到古舊的馬尼拉」，就在這樣的月下，我讀到他的〈獨飲〉：

果真沒有一粒花生
能剝開異國清脆的殘曉
而桌上的月光
已經三寸厚了

對比於〈靜夜思〉，一樣不眠的月曲了不提「故鄉」，卻說「異國」，沒有霜，但桌上的月光卻「已經三寸厚」了。據筆者所知，詩人月曲了童年雖曾前往中國大陸的「故鄉」住過短暫時日，卻是在菲律賓土生土長的華人，他的鄉愁和他的中文造詣一樣，比之李白更為耐人尋味。近年來詩人酒飲得少了，未知是否還「獨飲」？但是每次千島詩社聚會，他的老友們總會邀他幹一杯。話說，每回看著詩人舉起手中那一杯「金黃色的BEER」飲下去，我就好奇那一泓月光，如何在詩人的體內由寒至熱，終於煥發出形體之外（想到此，真有點——與神仙同桌的感覺。）

有些人認為時代的交通便利，鄉愁將不複存在，斯人是不知（詩人之）鄉愁為何物而已，記得菲華現代詩人文志曾經寫過一首〈月的故事〉，在詩中，月球原本是地球的一部份，由於時空的變遷脫體離去，自此，月亮每隔一段時日，便會循著軌道回來，探望她的「故鄉」。

為何地球會有海洋這樣的空洞？為何月圓時分，潮汐澎湃不已？有時思及超越人生界限的浩瀚時空，我們倒寧願相信詩人的「科學」，多麼準確的測量出鄉愁的永恆性。

誰人挽弓?

詩人月曲了曾經說:「不讀詩,不寫詩,我只是上帝創造的我;讀詩,寫詩,逐漸的,我才是自己創造的我。」詩人發掘心靈的深度,以主觀視野,重新構造客觀世界,使之與本身的人生與生命溶為一體。法國作家聖艾修伯裏的《小王子》裏有一段寓言,寫一隻狐狸向小王子訴說,如果小王子與他「建立關係」世界將會如何改觀,可以相互啟發:狐狸說:「對我而言,你只是一個小男孩,就像其他千萬個小男孩一樣……。對你而言,我也只是一隻狐狸,就跟其它千萬隻狐狸一樣。然而,如果你『馴養』我,我們將會彼此需要,對我而言,你將會是宇宙間唯一,我對你來說,也是世界上唯一的……。然後,你看,看到那邊的麥田了嗎?我不吃麵包,麥子對我一點意義也沒有,麥田無法讓我產生聯想,這實在很可悲。但是,你有一頭金黃色的頭髮,如果你「馴養」我,那該會有多麼美好啊!金黃色的麥子會讓我想起你,我也會喜歡聽風在麥穗間吹拂的聲音。」

同樣的「金黃色」的月亮,擁有更多的故事。詩人們眼中的月亮,各異其趣,詩人本身的月亮,更是用自己的心剪裁出來的。唐朝詩人張九齡在〈望月懷遠〉一詩寫:「海上生明月,天涯共此時。情人怨遙夜,竟夕起相思。」而菲華現代詩人江一涯在〈中秋前夜〉一詩中，描述一片白雲飄浮過圓月的情景，為「月亮」拍下另一張永恆的倩影：

白紗般的薄霧已輕輕地披上
剛才的開朗和含韻的笑聲
就這樣地消失了
隱藏了
像是乍出嫁的女孩子
遮住盈眶
那快滴落的熱淚

也因此，詩人文志有他的鄉愁的月的故事，筆者個人也曾寫過另一首〈月的故事〉，在詩中：中秋乃是躲在暗處的太陽，在祭奠被后羿射滅的兄弟們，它以怨艾的情緒，把幽光投射在月球上。如果離別是一件恨事，背後的日子，一再將嫦娥的廣寒宮投射出來，那麼人間的后羿們，能不能挽弓，把那記憶射滅呢？

漫長的十年後，我又寫了〈中秋〉，延續這個問號：

那晚
我沒能挽弓

把那記憶
射滅

之後
那弓遺落天宇
撥調思念之方向
而我，在上弦，下弦
的暗影面
生活著

驀然
一柱光箭
射中我
今古的眼睛
又盯住了
舞台上的
我

悟與現實

從前，在一個與世無爭的鄉村裏，一群孩童嬉戲於山野，探幽於林泉。某一次，他們在一條小澗旁注意到一種小魚，在魚尾的末端竟印有一泓彎月。後來，雨水又把這種小魚的行蹤帶進稻田的方方格格裏，大人們說小魚叫做「月呆」。

小魚的行蹤時隱時現，於是不久後，孩童之間就流傳著一則傳說，說是在十五的子夜，有一些「月呆」會受到感應，飛躍到天宇的圓月裏面去。孩童們喜愛這個傳說，深信不疑，但是有一個小孩卻對這個過程充滿好奇，由是在一個十五的夜晚，這個小孩手捧盛著一尾「月呆」的水盆，蹬高到天台上，他就坐在水盆旁邊，明月之下，安安靜靜的觀察著那一尾小魚，要看它如何飛躍到月亮裏面去？等著等著，他竟然在水盆的旁邊睡著了。

第二天一早，他睜開眼，剛好看見天宇的明月在晨光的微曦中隱去，而那圓形的水盆之中，已經只留一池清徹……。

這個小孩就在空寧的水盆的旁邊悄然靜坐，神往回味起昨夜睡去的那一段時空。良久之後，他站起身，準備把水盆端下樓去，這時在天台另一端的地面上，有什麼在他的眼角跳躍了一下，於是他走過去，把那條「月呆」撿起，放回水盆，心安理得的下樓去了。

詩人吳天霽說：「如果現實生活全都是美好的，詩就不複在了。詩人江一涯說：「一首含蓄的詩以獨特的文化藝術，有效的經營技巧，令我思緒萬千，我運用它平衡了我商業世界裏的疲倦。」詩人平凡遺留下墨跡：「夢就是事實，沒有事實就不會有夢。」在生活中，不自覺的每隔一段時日，不自覺的我們總會尋求著某種新的「領悟」，每個人都擁有、書寫、更新著一本自己的形而上的字典；什麼是幸福、傷心、偉大、永恆、愛情……？別人又是怎樣詮釋？我時常覺得，我們所尋找的「靈感」就是這種領悟的完整性。現代詩不願停留於平面的「悟」，而構造多層面、立體的景觀。印象派大師龐德曾經說：「覓出鮮明的細節，呈現於作品，但不作任何說明」，意思是，以景觀讓讀者去印證自我心靈的字典。當然，印象派只是門戶之一，好比一首詩歸門別類，尋找自我完整，並沒有真正的完整。

雖然尤未到其境，我就挺喜歡詩人月曲了的這一首〈月光未乾的路上〉：

自中年到老年
必經之地，竟是童年
竹馬回頭的草原
天空是水彩的
心是紙剪的
是誰都不能忘懷

那些風箏的痛
線斷的地方

途中沒有人要下車
願車子不停
轔轔轆轆，輾過每粒石子
每粒石子都動人
在月光未乾的路上
彈起驚呼，飄落歎息
以忘記
這是一部遙控的
上帝的玩具車

自中年到老年，是「人間見白頭」的現實，但是詩人的這個過程的「必經之地，竟是童年」，由是生命所經歷的一段段歡樂時光，一幕幕繽紛情景，包括一些天真的傷痛，又（月光未乾的）返回來，變幻了路途中的真實，使得「每粒石子都動人」起來，「車子」就一路駛走進這般童趣與現實交錯的景觀裏，令人低回不已。

許多年前，我在菲華武術協會練習太極拳，那時已經醉心於現代詩，心裏頭就想，要怎樣以現代詩「參一下太極」？太極圖是一個源遠流長的符號，是中國古代的宇宙模型，用以解釋世界萬物生成和演化的規律。

一天晚上，我漫步途經一個夜市，四周市聲喧鬧，燈火燦然……走著走著，慢慢的，我覺得周圍的燈火似乎黯淡了下去，吵雜的市聲恍惚靜然細語，細看中，似乎有某一種光華，正把周圍的塵世推向遙遠的角落，而那個遠去的塵世裏，又有著自己的點點足跡……走著走著，我忽然有所領悟，於是抬頭向上，晴空萬裏中心，一輪明月逼視下來。

那一剎那，突然覺得所擁有的不外當下的「自己」以及旅途中背負起的「懸念」，又在無涯的時空裏自我定位。那晚，我回到房間，推開了玻璃窗口，寫了這一首〈太極謠——有懷〉：

月的
開啟裏關暗
四海一家的
燈
今晚

圓月
吹響
明亮
音符

實相無相

昔日，世尊如來說法靈山（背景圓月燦然）拈花不語，眾皆默然，唯有迦葉破顏微笑，世尊道：「吾有正法眼藏，實相無相，不立文字，教外別傳。」而現代詩，乃是無法言傳的情境，以文字言傳的途徑。幾天前黃炎兄在「黃皮書」專欄中推介台灣名詩人鄭愁予的詩集《寂寞的人坐著看花》說菲華現代詩人就是——寂寞的人坐著看花，我同樣醉心於現代詩，心有所感，雖然知道提筆論詩吃力不討好，卻不由得要「拈花微言」一番。

於是翻閱書架上的幾本菲華現代詩選集，其中近二三年內結集出版的有江一涯的《菌之永恆》、月曲了的《月曲了詩集》、吳天霽的《耶穌的懷念》，果然如我所相信，三本詩集中都有關於月的描寫，有的各異其趣，又有的相互呼應，如詩人吳天霽有一首〈血月〉：

我夢見
月亮
染滿血漬
醒來，細想
那是濺自
大地

這首詩寫於一九八三年，據個人主觀上的「猜想」，應該是受是年八月二十一日，尼蕊。亞謹諾自國外返回，在馬尼拉國際機場被槍殺的事件的感觸，之後菲律賓人民皆以各種黃色標誌來記念他。無獨有偶，在《月曲了詩集》中也有一首〈月變——菲國八月軍變事件側影〉。在詩中「月光腐臭」，月是：

它一口慘綠色的冷痰
連血帶話
吐在發炎的天邊

看到這樣的月亮，我又聯想到在英國詩人雪萊的筆下，月亮是——天宇的一隻慈眼，緩慢的張開，觀看著人世，又默默的閉合。那麼，人間的殘酷，自然也一樣映入他的眼眸，同樣的，那一隻慈眼又是詩人仁憫的心靈。

我的「微言」似乎長舌了點，想為寂寞的菲華現代詩詩壇，盡一份綿力而已，其實單就這三本詩集中的「月相」來說，尚不免留下不少的遺珠。對詩人們而言，哲人的「一粒沙中看宇宙」並不深奧，劉勰在《文心雕龍》物色篇裏說：「一葉且或迎意，蟲聲有足引心，況清風與明月同夜，白日與春林共朝哉。」藝術的殿堂與人生的哲學相通：渺小可以自我完整，偉大又只能站在一隅，印證著殿堂的無垠。

雖然我們自己——托懷何需雪月真，浮生斟閑風花樽，未到中秋，又何必是在中秋，但我們誠願每個人的中秋都是一場美好的盛宴。

二〇〇三年於《商報》「拈花微言」專欄

小鎮與殿堂——《詩文誌》序

文志兄告訴我，王國棟文藝基金會有意為他出書，他文學作品的結集《詩文誌》即將編列付印，我想，屬於菲華的書籍，要加一份充實了。

十六、七歲時，我向菲華的一些文藝副刊投稿，當時任千島詩社編輯的名詩人施文志親自找上門，我仍記得，他手拿我的詩稿詢問了一些問題，像位老師。不久，我加入千島詩社，此後十幾年至今，在寫作的路上文志不時回身邀我同行，我很清楚，懶惰的自己今天還在寫作，是因為他的一路扶持。雖然他堅持待我為友，但無論在寫作道路或者社會人生，文志於我都是前輩師長，他的出書，於我也有特殊的意義。

菲華的文學土壤，是既缺乏陽光又水源不足，但文志創作的成果卻像一棵枝繁葉茂的大樹。《詩文誌》分為三輯，收入了近百首現代詩、十九篇微型小說、二十一篇現代詩詩評以及數篇附錄。

讀《詩文誌》，我有如沿著一棵大樹的漫長年輪，看它如何根究這片土地的生態、如何思考、尋找植根點……一直到自我昇華，在雲淡風輕的藍空舒展枝葉。也許，在許多人的心目中「菲華」只是日常頻繁的社團活動，或者瞭解得多一些，諸如菲華博物館裏面陳列的往事。但是，從《詩文誌》千姿百態的文學表現，我們更得以窺探「菲華」的深層風貌。

今日，文志兄在《商報》編輯「時空再版」、「大書坊」、「認識菲律賓」等副刊，他為之重新閱讀了大量五、六十年代的《華僑週刊》，有次他對我說：半世紀前華僑所面對的問題，許多仍然在歷史重演。其實，收入《詩文誌》的十九篇「小鎮故事」也已成為一個超次元的時空，作為來自唐人街及其兩側的生活投影，「小鎮故事」裏的一些故事和人物，在這片土地的某個區域，我們仍有可能與之相遇。

作為一棵移植樹，《詩文誌》也記錄了它的飄泊和紮根，在〈痛的感受〉詩人自白：「我們是世代的賣藝人／漂泊，是我們的傳統／我們背著傳統的包袱／走上祖先遺下的路途」。幾代以來，當文化記憶與重新紮根成為矛盾或者取捨，傳統海外華人總要置身這種煎熬，然而，兩者顯然都是必需擔負的使命，因此，從〈走在父親的腳印裏〉以及〈睡在母親的懷抱裏〉我們讀到了一位向上思憶的飄泊者，卻也同時是一位向下呵護的慈父。而在〈反鄉愁〉中，文志以下一代土生土長的立場說：

我們愛喝可口可樂
因為甜

因為苦
他們愛喝茶
甜與苦對立
生與死也對立
祖先與先祖一樣
鄉愁與愁鄉也一樣
東與西相反
上一代與下一代不相同
他們死於斯
我們生於斯

正是在這種〈痛的感受〉以及〈反鄉愁〉的煎熬和寬容裏，我們看到了一片土地的為之遼廣，也看見了那一棵既擔起傳統的使命，又努力於重新紮根的樹，其根脈終於伸展出時空的局限，也跨越了這片土地的籬笆和分岐，成熟為一棵〈同根樹〉：

在流水悠悠的岸邊
再生一棵樹，相距
一排籬笆，在路旁
同樣有一棵再生樹
幾十年來各自開花
結果。葉落歸故土
被籬笆阻隔的土地
只是表層，泥土裏
卻有我們看不見的
同根生，生生不息

漂泊的鄉愁和紮根的渴望，向來是海外華人文學的兩個主軸，對於詩人文志，這兩種情懷甚且是早熟的，早在七十年代，在香港曾從事文藝影劇活動的文志兄就寫了這麼一首〈照片〉：

站在天地之間
用照相機的觀察鏡
調整時空間
按下快門
回憶盡在鏡頭裏

一張照片記錄著
遠景的一雙腳印
飄泊著我的一生
近景的一片園圃
生長著我的鄉愁

但是，出於對文學、現代詩以及各類藝術的熱愛，使得文志兄的創作根脈遠伸、枝葉茂盛，突破了土壤條件的限制。做為他的一名鄰居，我有幸時而出入他的書房，感覺在這個社會那像一種奇遇，我不知道，今天還有多少人在過那一種「書房歲月」？但是，他的書房帶給我的驚奇不止於此，那裏尚有主人自己創作的一幅幅深含意蘊的油畫，有一次，我在《商報》發表了一篇有關看電影的文章，第二天文志遇到我就說：原來你也喜歡看電影。後來，在他的書房，他打開一個櫥櫃，那時我才知道，原來除了在他家客廳那一櫃其全家共享的影碟，他竟然也收藏各國各地冷門的藝術影片。他的那句「喜歡」，委實令我汗顏。

今天，文志兄分別在《商報》的大眾論壇、《世界日報》的言論廣場以及《潮流雜誌》撰寫專欄，他的文藝殿堂尚在進一步的輝煌之中。在此，謹以他自己的一次新的〈拍照〉再次祝賀《詩文誌》的結集：

遠的是歲月背境
近的是生活環境

按下自動快門
走出人世間
站在鏡頭中
一個微笑
從小我
完成大我

二〇〇六年

國家圖書館出版品預行編目

漸變了臉色的夢 / 王仲煌著. -- 一版. -- 臺北市：秀威資訊科技, 2010. 01
面； 公分. --（語言文學類；PG0330 菲律賓・華文風9）

BOD版
ISBN 978-986-221-379-7（平裝）

868.651 98023684

語言文學類 PG0330

菲律賓・華文風⑨

漸變了臉色的夢

作　　者 / 王仲煌
主　　編 / 楊宗翰
發 行 人 / 宋政坤
執行編輯 / 藍志成
圖文排版 / 鄭維心
封面設計 / 陳佩蓉
數位轉譯 / 徐真玉　沈裕閔
圖書銷售 / 林怡君
法律顧問 / 毛國樑　律師
出版印製 / 秀威資訊科技股份有限公司
台北市內湖區瑞光路583巷25號1樓
電話：02-2657-9211　傳真：02-2657-9106
E-mail：service@showwe.com.tw
經 銷 商 / 紅螞蟻圖書有限公司
台北市內湖區舊宗路二段121巷28、32號4樓
電話：02-2795-3656　傳真：02-2795-4100
http://www.e-redant.com

2010年 1月　BOD一版
定價：350元

讀　者　回　函　卡

感謝您購買本書，為提升服務品質，煩請填寫以下問卷，收到您的寶貴意見後，我們會仔細收藏記錄並回贈紀念品，謝謝！

1.您購買的書名：______________________________

2.您從何得知本書的消息？

☐網路書店　☐部落格　☐資料庫搜尋　☐書訊　☐電子報　☐書店

☐平面媒體　☐ 朋友推薦　☐網站推薦　☐其他__________

3.您對本書的評價：(請填代號　1.非常滿意 2.滿意 3.尚可 4.再改進)

封面設計____　版面編排____　內容____　文/譯筆____　價格____

4.讀完書後您覺得：

☐很有收獲　☐有收獲　☐收獲不多　☐沒收獲

5.您會推薦本書給朋友嗎？

☐會　☐不會，為什麼？______________________________

6.其他寶貴的意見：______________________________

____

____

____

讀者基本資料

姓名：____________________　年齡：______　性別：☐女　☐男

聯絡電話：________________　E-mail：____________________

地址：______________________________

學歷：☐高中(含)以下　☐高中　☐專科學校　☐大學

☐研究所(含)以上　☐其他______________

職業：☐製造業　☐金融業　☐資訊業　☐軍警　☐傳播業　☐自由業

☐服務業　☐公務員　☐教職　☐學生　☐其他__________

請貼
郵票

To：114

台北市內湖區瑞光路 583 巷 25 號 1 樓

秀威資訊科技股份有限公司　　　收

寄件人姓名：

寄件人地址：□□□

(請沿線對摺寄回,謝謝!)

秀威與 BOD

BOD（Books On Demand）是數位出版的大趨勢，秀威資訊率先運用 POD 數位印刷設備來生產書籍，並提供作者全程數位出版服務，致使書籍產銷零庫存，知識傳承不絕版，目前已開闢以下書系：

一、BOD 學術著作—專業論述的閱讀延伸
二、BOD 個人著作—分享生命的心路歷程
三、BOD 旅遊著作—個人深度旅遊文學創作
四、BOD 大陸學者—大陸專業學者學術出版
五、POD 獨家經銷—數位產製的代發行書籍

BOD 秀威網路書店：www.showwe.com.tw
政府出版品網路書店：www.*gov*books.com.tw

永不絕版的故事・自己寫・永不休止的音符・自己唱